율격

율격시조동인의
남도의 빛과 색을 찾아서

2019년《율격》3집 출판기념과 정기총회 후 화순 물염정에서(2019. 9. 28.)

2019년《율격》3집 출판기념과 정기총회 후 화순 적벽에서(2019. 9. 28.)

2020년 임시총회 후 순천만 도솔 갤러리 카페에서(2020. 6. 28.)

율격 4집

—

초판 1쇄 2020년 10월 23일
지은이 율격시조동인
펴낸이 김영재
펴낸곳 책만드는집

—

주소 서울 마포구 양화로3길 99, 4층 (04022)
전화 3142-1585·6
팩스 336-8908
전자우편 chaekjip@naver.com
출판등록 1994년 1월 13일 제10-927호
ⓒ 율격시조동인, 2020

* 이 책은 전라남도, (재)전라남도문화관광재단의 후원을 받아 발간되었습니다

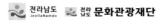

—

ISBN 978-89-7944-742-2

이 도서의 국립중앙도서관 출판예정도서목록(CIP)은 서지정보유통지원시스템
홈페이지(http://seoji.nl.go.kr)와 국가자료공동목록시스템(http://www.nl.go.kr/kolisnet)에서
이용하실 수 있습니다.(CIP제어번호:CIP2020042213)

율격시조동인

2020 vol.4

책만드는집

율격의 꿈과 소망은 진행 중

고정선 율격시조동인 회장

《율격》 4집!

시조를 사랑하는 분들께 선보이게 된 것을 자축하면서 동인들과의 한 해를 돌아봅니다.

동인 한 분 한 분들이 각종 수상과 출판 및 작품 발표 등을 통하여 시조문단에 내놓을 만한 업적을 쌓은 해였기에 감사한 마음과 뿌듯함을 느끼고 있습니다. 아쉽다면 어느 단체나 마찬가지겠습니다만 코로나19로 인해 함께할 수 있는 시간을 한 번밖에 갖지 못한 점에 대해 제가 죄인인 것처럼 마음자리가 불편했습니다. 그러나 모두 이 시간까지 건강하게 자기만의 작품세계를 더 견실하게 쌓아가고 계시니 그로 위안을 삼습니다.

아시다시피 우리 율격 동인들은 시조에 대한 남다른 열정과 애정을 넘치도록 가지고 있으며, 남도의 빛과 색을 찾기 위해 창립 때부터 지금까지 고민하고 노력하는 중입니다.

이번 4집에서는 전라도에 뿌리를 둔 시인들의 본능적인 향수이면서 고향에 대한 기본적인 예의와 책무라는 생각으로 전라도의 정신과 가치를 담은 시조 한 편씩을 선보입니다. 전라도 정신과 가치는 전라도의 온갖 역사적인 사물들과 만나면서 점진적으로 감정이입이 된 것을 작품으로 형상화한 것으로 기대를 갖고 읽어주셔도 좋을 것 같습니다.

아울러 율격 동인의 기본 정신과 창작 의지를 함께 이어갈 곽호연, 백숙아 두 분의 여류 시조시인을 회원으로 영입하였습니다. 좋은 작품과 따스한 인간미로 율격의 한 축이 될 것임을 기대와 함께 지켜봐 주시고 격려해 주시기 바랍니다.

시조를 통해 따뜻한 세상이 되고, 배려와 사랑 그리고 존중이 우선되는 사회를 우리 아이들에게 선물하고 싶은 율격의 꿈이요 소망은 지금도 계속 만들어가고 있습니다. 감사합니다.

2020년 10월

| 차례 |

강성희

전남 무안 출생.
2012년《시조시학》여름호 신인상, 젊은시인상 수상.
시집『바다에 묻은 영혼』『명창 울돌목』.
광주전남시조시인협회 회원. 시조시학, 열린시학 동인.
한국시조시인협회 이사, 목포詩문학회 회장.
mpksh1024@hanmail.net

명창 울돌목

기운찬 울돌목이 소리마당 열어간다
굽이진 물길마다 우리 가락 어절씨구
파도가 날개깃 세우면 춤사위로 변해간다

바닷길 헹가래 치는 득음의 구성진 멋
목청 긇는 갈증을 밀물로 풀어주며
사리에 쩡쩡 울리며 피를 토해 다듬었다

썰물이 빙빙 돌아 머리엔 거품 일어
흐드러진 너름새로 신명 난 아라리가
구겨진 바위 틈새에 추임새를 부추긴다

부챗살 활짝 펴듯 덩실덩실 이는 물결
여울목 떠나가게 달아오른 한마당이
불멸不滅의 명창이 부른 애환 서린 서편제 소리

겨울비 내리는 날

선잠 깬 나목들이
샤워를 하고 있다

구름 속 물뿌리개
꼭지를 열어놓고

알몸이 부끄러운 듯
바람 뒤에 살짝 숨어

가뭄에 씻지 못한
찌든 때 닦아내고

촉촉이 젖은 피부
보송하게 단장하며

춘풍님 뜨거운 품속
목이 말라 타는 순정

안개 속의 가로등

안개비 깔린 새벽

조명들이 들썩인다

비련悲戀의 여린 무대

관객들 훌쩍이면

젖은 생生

끌어안고서

다독이는 저 불빛들

코르사주

예쁘게
살기 위해 맵시 꽃피우더니
순정을
알아주는 절름발이 사랑으로
저고리
윗주머니를 고상하게 점령한다

한 사람 돕는 일이 화사하게 돋보이면
때로는 예쁘기 위해 몸통을 내버리는
그 짧은 삶의 흔적에 기품이 서려있다

사람과 사람 사이에 맛볼 수 있는 그리움 속에는
사랑과 한이 있을 수 있지만
우리들 마음속에 담긴 그리움은 모든 사물과 생활 속에
살아 숨 쉬며 한 줄의 멋진 글로 탄생하
기를 염원합니다.

김혜경

2015년 《시조시학》으로 등단.
오늘의시조시인회의 회원.
rose27101@hanmail.net

절정

아픈 데도 없이
찌뿌둥한 봄날 오후

나 홀로 안방에
분내가 넘친다

코설주 부러뜨리며 목덜미를 휘감는다

수줍어 난초가
슬몃 벌린 꽃잎 아래

벌 나비 없어도
맺혀있는 한 점 이슬

덩달아 달아오른다 차마 두 눈 감는다

영산홍 웃다

밤마실 댕겨오다 기어이 사달이 났다
눈 내린 고샅길에 큰대자로 나자빠졌다
구멍 난 엿가락처럼 바스러진 정강이뼈

눈구멍은 가죽이 모자라 뚫렸다냐,
석 달 열흘 콕 콕 가슴팍 찔러대더니
마누라 퇴원하는 날 낯빛이 돌아온다

갈동양반 요강 부셔 안방에 밀어준다
살다 보니 참말로 서쪽에서 해 뜬다고
마당가 영산홍 꽃이 봄 다가도록 웃다

행운유수체
–

산광수색, 네 마리 배암이 꿈틀하네
또아리를 튼 놈 먹잇감을 낚아챈 놈
빳빳이 갈비뼈 세운 놈 하늘로 올라가는 놈

온 고을 옥류동에 창암이 살았네
늦공부에 늦친구 자손 늦은 이삼만
명필로 소문 자자했네
바다 건너 큰 나라까지

하루에 일천 자씩 벼루 석 장 맞창 냈네
죽필에 갈필 앵우필로 바위를 파냈다네
필생을 붓 잡고 살았네
미쳐야만 미치듯

산광수색, 산빛과 물빛이 꿈틀대네
창암의 붓끝에서 삼라만상 살아나네
한벽루 푸른 물 찍어

구름 가듯
물 흐르듯

인바디*와 사랑의 함수관계

혈관이 막혔나 팔다리가 저리네
눈길 한 번 안 주는 그대가 핑계였네
눈가로 물기가 죄 빠져
여기저기 삐걱대네

오동통 달로 뜨면 바라볼 줄 알았네
고도비만 경고에도 먹고 또 마셨네
사랑은 주는 거라는 걸
그대는 모르시네

갑갑한 외사랑 분석이 필요하네
골격근 높여야 오래오래 튼실하다네
마음에 굳은살 올려
한평생 함께하라네

* 체성분 분석기 브랜드. 분석 자체의 의미도 있음.

일상이 멈추니 역설적이게도 시간이 빠르게 흐른다.

오늘도 수련하러 간다. 가쁜 숨을 고른다. 한 호흡 들이쉬고 내쉰다. 다시 깊게 들이마시고 깊게 내뱉는다. 새삼 숨쉬기가 어렵다. 숨소리를 들으며 몸을 늘이고, 조이고, 비틀고, 뻗는다. 내 몸이 닿을 수 있는 만큼의 아사나를 한다. 지금껏 사용하지 않던 근육들을 깨운다.

시를 쓴다는 것은 생각의 근육을 기르는 것이겠다. 서두르지 않고 그렇다고 우두커니 멈추지도 않을 테다. 가고 가다 가는 중에 내 3장 6구도 깊어지겠다.

고정선

1986년 《아동문예》, 2017년 《좋은시조》 등단.
시조집 『눈물이 꽃잎입니다』, 동시조집 『개구리 단톡방』.
목포문학상, 전남문학상, 전남시인상, 전남예술인상, 광양예술상 수상.
한국시조시인협회 시조대중화위원회 부위원장, 좋은시조작가회 회장,
광양예총부회장, 목포시문학회, 광주전남시조시인협회,
오늘의시조시인회의 회원.
2019년 문화체육관광부·한국장애인문화예술원 창작지원금,
2020년 전라남도·전남문화관광재단 창작지원금 수혜.
gojeungsun@hanmail.net

매천을 그리며

인仁으로 벼린 마음 붓 삼아 쓴 절명시를
댓잎 끝 바람 혼자 체본 삼아 쓰고 있다
강산이 열 번 변해도
인간사 그대로라서

나라 민초 걱정보다 진보 보수 더 따지고
명분 없는 절명에 사공만 많은 세상
새벽닭 두 번 홰칠 때
눈감은 이 그립다

세상살이가

약국 옆 골목 안쪽 붕어빵집 이모는
돈 되는 일이라면 죽는 거 빼곤 다 했단다

낯바닥 못생겼으니
쩐錢이라도 챙긴다고

원이라면 서방 번 돈 멋지게 써보긴데
콩깍지가 씌었는지 온 놈마다 백수라

그래도 새옹지마여
말이나 못 함사

이리저리 치받히며 도가 튼 세상살이
황금빛 붕어빵들 냄새가 끝내준다

사는 게 별것이란가
딱 한 끗 차이여

(시조미학 2020 봄호)

반어법 反語法

생신 축하 제라늄꽃 묘비 옆에 심었더니
좋으면서 부끄런갑다 꽃잎 더 붉어진다

아직도 청춘이요 잉
엄니 얼굴 참 곱소

술이 덜 깨 왔다고 잔소리가 한 바가지
밉지는 않으신지 바람결이 부드럽다

바쁜디 안 와도 돼야
네,
자주 올게요

홍시

한지를 뜨듯이

행여나 터질까 봐

보름새 같은 껍질 벗겨

받아 든 앵혈鶯血이다

된서리 내린 첫날밤

시린 몸 데우는

매천 황현의 절명시를 읽으면서 나를 돌아볼 수 있었다. 의문 많은 죽음 앞에 아무런 이야기도 하지 않은 나는 이 시대가 요구하는 진정한 시인인가 묻고 또 물었다. 사는 게 딱 한 끗 차이라는 붕어빵집 이모가 나보다 훨씬 시인다웠다.

세상의 아픈 이들에게 내 속의 시심으로 보시할 수 있는 그런 열병을 앓고 싶다. 몇 년이고 자가격리되더라도

유 헌

2011년 《月刊文學》 시조 신인상, 《한국수필》 수필 신인상,
2012년 〈국제신문〉 신춘문예 시조 당선.
제1회 고산문학대상 신인상, 제8회 올해의시조집상 등 수상.
한국문인협회 한국문학사 편찬위원, 한국시조시인협회 이사,
광주전남시조시인협회 회장.
시조집 『노을치마』 『받침 없는 편지』.
산문집 『문득 새떼가 되어』 아르코 2020 문학나눔 우수도서 선정.
yoohoun@hanmail.net

드므, 행차하다

근엄하게 근정전을 밤낮으로 지키시던
드므* 나리 납시었네 여의도 행차시네
낯짝이 철판 같다는 그 꼴 보러 출도했네

대문 옆 좌정하고 요놈 조놈 훑는데
끄나풀들 미리 풀어 기미를 물어갔나
한사코 게걸음 치며 줄행랑치고 있네

나절을 허탕 치다 독가에 금실 치자
되대헌 금배지들 앞다퉈 코를 박고
물속을 훔치고 있네 나자빠져 나뒹구네

그려그려 반나절은 턱없이 부족하지
돔 지붕 꼭대기의 범종으로 현신하여
둥 둥 둥 내 몸을 치리,
패거리 날뛸 때마다

(시조미학 2020 여름호)

* 궁궐 건물 네 귀에 설치해 물을 담아놓은 큰 독. 불의 귀신 화마가 드므에
비친 자신의 얼굴을 보고 놀라 도망친다는 속설이 있음.

드므, 오르다

시커먼 탈바가지

뒤집어쓰고 있는

그 꼴에 소스라쳐

다시 또 쳐다보니

삿갓 쓴 시인이 있네

고개 숙인 나 있네

하늘에 비친 나는

내 생각의 물그림자

화마火魔를 쫓아내듯

미혹迷惑을 싹 무찌를

굽 낮은 드므 하나쯤

간직하며 살 일이네

(시조미학 2020 여름호)

애추*_ 그리에게

우연이 아닐 거야
인연이라는 그 말

나비의 날개를
하나씩 나눠 갖고

초록빛 눈동자에 끌려
예까지 온 거야

겁劫의 허공 날아 날아
여기, 문득 내려앉아

침묵으로 쌓아 올린
고깔 쓴 왕국에서

망루에 들창을 내고
별을 헤는
너와 나

(정음시조 2020−2호)

* 산비탈 고깔 모양의 돌무더기.

다산과 강진

백련사 동백꽃 피고 지고 피고 지고
저리 붉게 열여덟 해 지고 피고 지고 피고
나무에 피었다 진 꽃 땅에서 다시 피네

초당의 다산은 짓고 쓰고 짓고 쓰고
복사뼈 다 닳도록 쓰고 짓고 쓰고 짓고
적소의 그 1표 2서* 오늘 다시 펼치네

차마 입 뗄 수 없어 살얼음판에 눌러쓴
마음으로 올린 글 죽어서 바치는 글
강진은 다산을 품어 세상의 중심 됐네

(발견 2020 봄호)

---

* 다산 정약용의 『경세유표』『목민심서』『흠흠신서』를 말함.

어수선하다. 화산이 분출하고 땅이 갈라진다. 신종 바이러스들이 생명을 위협하고 있다. 물고기가 떼로 죽기도 한다. 인간 세상은 어떤가. 우리의 정치권 말이다. 난장판이다. 개판 같은 세상, 패거리들의 꼬락서니와 드므에 비친 화마가 겹쳐 보였다. 그래서 창작한 시조가 '드므'를 제재로 한 네 수로 된 연시조이다.

드므란 무엇인가. 자신을 비추는 거울이다. 제 꼴에 놀라 나자빠진 화마처럼 저들의 그 볼썽사나움도 있는 그대로 보여주고 싶었다. 먼저 드므가 여의도로 출도하고, 낌새를 챈 그들이 줄행랑치고, 드므에 황금색 띠를 두르자 그 알량한 선량들이 앞다퉈 드므 물에 코를 처박는다.

기, 승, 전, 결의 마지막 수에서는 드므가 아예 의사당 꼭대기로 올라간다. 그리고 범종이 돼 당리당략에 목을 맨 자들이 날뛸 때마다 둥둥둥 경고를 한다. 드므가 자신의 엎은 모습을 닮은 돔 지붕이 되고, 다시 범종으로 몸을 바꾼다는 상상력으로 창작한 연시조가 바로 「드므, 행차하다」이다. 이 작품이 패거리 정치인들을 응징하는 시조라면, 「드므, 오르다」는 나 자신의 이야기이다. '하늘'을 '드므'의 엎어진 모습으로 설정하고 창작한 시조이다. 하늘에 비친 내 모습이 참으로 궁금하다.

곽호연

2017년 《시조시학》 등단.
광주전남시조시인협회 사무국장.
오늘의시조시인회의 회원.
hoyen2015@gmail.com

왕인 박사 벚꽃

수백 년 가슴 깊이 비밀을 간직한 채
제비처럼 하루 낮도 지저귀질 못했나
오늘 밤 감당하기엔
호흡이 가파르다

기차 한 대 없는데 칙칙폭폭 땡땡땡
울렁이다 토할까 불안감에 돌겻잠 들다
여명에
툭 터진 고막
눈 시린 왕인 행렬

욕

욕하는 꼴, 못 보는 깐깐한 울 엄마도

해산물 욕쟁이 할매 가게는 십수 년 단골,

욕까지

넘치게 퍼 담아

억시게

처묵으란다

공섬

마을 앞 수레 자리 빼곡히 쌓인 폐선
파도가 말을 걸면 쌔걱쌔걱 답한다
해당화 찔레 울타리
내 안의 유네스코

짱뚱어 밤 새우가 드나든 샛강 통로
콘크리트 꽉 막혀 수십 년 숨 못 쉬고
빈집의 새마을 모자
지금도 청년이다

은행나무 방자전

산사 뒤란 터 잡은 넉살 좋은 은행나무
황금 옷을 훌훌 벗어 나그네 빙빙 돌며
절보다 제가 더 먼저 살았다 말한다

옹골찬 뚝심으로 천수경 줄줄 외워
주지스님 염불에 토닥토닥 토 달다가
보살들 웃음소리에 주둥이만 숨긴다

솔바람이 귀에 대고 대흥사 뿌리 묻자
서산대사 승군의 총본영 세계문화유산
술술술 실타래 풀듯 토도독 귀염 턴다

유난히 특별한 몇 계절을 보내고 있다

다가올 가을은 평범하게 맞고 싶다

스스로 휴식년제 같은 걸 선포한 지구,

그 위에 규칙 없이 군림하던 우리,

같이 가는 방법을 터득해서 버티는 중이다

더딘 시간을 옮겨 적으며 욕할매가 다 그리웠나 실실 미소
가 번진다

  …억시게 처묵거라… 니는 늘 잘 있제에…

생각하면 참 따뜻한 안부였는데

행복이 행복인 줄 모르던 어리석음을 돌아본다

목적 없이 달리는 나만의 규칙 속에

어딜 가나 외진 곳 산과 들은 열외도 없이

유물도 아닌 것을 유물인 양 시간까지 박제했다

한때는 밥줄이었다

죽고 못 사는 분신 같은 것들 말이다

옛것에는 잠시 반갑다가 금세 씁쓸해진다

진행형이자

짧게 남은 휴가철이 또 오지랖 넓게 걱정이다

모두가 자연을 친구처럼 여겼으면 한다

친구는 절대 쉽게 배신하지 않겠지

백숙아

전남 광양 출생.
문학박사,
감성인문학 스토리텔러.
순천대학교 교수 역임.
한국가사문학학술진흥위원회 소위원회 위원,
《오늘의 가사 문학》편집위원, 전라남도미술대전 초대작가.
공저『한국명품가사 100선』『독서와 표현』『광양, 사람의 향기』.
「면앙정 송순 한시 연구」외 논문 다수 발표.
topsukah@hanmail.net

검은 감옥

오늘 밤 나는 살아있는 자들과 뒹굴며

무수한 주검을 만나 지상을 떠돌며
술통에 피어오르는 어휘들을 헤집을 터
어느 주막의 취객이 되어
견고한 언어를 향해 혹풍酷風을 일으키곤
검은 바다를 떠도는 해파리 떼랑 놀다가

물밑을 떠돌아다니는 언어들과 싸울 테다

불청객 거절하기

우와 텃밭이 아름다워
한번 가봐야겠어
음~ 다음에
7월은 꽃상추 어리고
나도 바쁘고
8월에 우리 집 오면
모기 깔따구 다 줄게

아침이 슬픈 이유

시깨나 쓴다는 어른들이 하는 말
슬프지 않으면 시를 쓸 수 없다고
관념도 삭혀버린다나 젓갈처럼 눈물처럼

날마다 출렁이는 시해詩海를 건너려고
새벽까지 언어 숲을 허우적대는 미련함
먼지 낀 베르테르의 슬픔들을 훔쳐온다

고춧가루 서 말 먹고 갯벌 삼십 리

열여섯 소녀는 일제의 만행 피해
쇠섬 백 씨 가문에 여린 뿌리 내리고
바다가 전세 내어준 일터에다 몸 부렸다

나무 반쪽 바다로 고기잡이 나간 밤엔
옹달샘 마르도록 물동이가 울어대고
새벽녘 첫닭 울 때면 초롱 들고 게 구멍 찾기

겨울이면 김 양식 봄가을엔 굴 양식
밤이면 나무 위로 안겨드는 다섯 줄기
한 팔은 젖을 먹이고 또 한 팔은 삯바느질

숟가락 둘 밥그릇 둘 사람 둘로 신접살이
가난한 이웃에게 쌀가마씩이나 나눠주곤
잘 자란 나뭇가지들은 제멋대로 살라 하고

비 개인 아침 맑은 제비 울음소리

오륙 년째 오지 않던 제비가
둥지를 틀고 새끼 네 마리를 낳아
스스로 날아오르자 둥지를 떠난 어미제비
토속신앙 숭배했던 우리 엄니도
절에다 점쟁이한테다
고명딸 팔고 공깨나 들이더니
교회 쫓아다니던 딸아이 열아홉 되던 해
"이제 성인이니 네 맘대로 살아보련."
손목시계 채워주곤 내 곁을 떠났다

난 여전히 날개 없는 미성년인데

문제완

공무원문예대전 시조 부문 최우수상,
역동시조문학 신인상,《시조시학》신인상,
제주 〈영주일보〉 신춘문예 시조 당선.
시조집 『꽃샘강론』.
jirin@tistory.com

순례 누나

철들기 전 시집간
큰집 누나 세상 뜬 날

겨울비에 촉촉하다
구례 들판, 지리산은

봄날에 싹 틔우려고
땅속 호흡 가득하다

시난고난 견뎌내며
시집살이 모진 세월

어느 누가 알겠는가
허드레 한평생을

저승길 평안하시려나
산수유꽃 피고 지고

(문예춘추 2020 봄호)

화정동 국군통합병원

광주 국군통합병원 옛터 골목 걷는다
5·18 아픈 시간 절규들 남은 자리
굴뚝 속 울려 퍼지는 진혼곡 나팔 소리

탄성이 넘쳐났던 그 자리를 바라본다
환청 속 현장 소음 그림 되어 남겨지고
헌 시계, 태엽 감기듯 압박 같은 흔적들

살아남아 죄스러운 골목길에 비가 온다
덩그러니 휑 빈자리 철문은 잠겨 있고
긴긴밤 견뎠을 상처들 잡초 되어 자란다

무월舞月마을, 판순 씨

촌구석에 누가 오나
적적한 마을 초입

개하고나 말을 걸까
사람 구경 힘들어

저녁답 어둠이 깔린다
옹색한 맘 짙어진다

이장 집 장독대에
감꽃 몇 개 떨어지고

시엄씨 시집살이
옹색한 살림살이

달빛이 춤을 추는 곳
판순 씨 깊어진 밤

LP판 소회

수십 년 전 사다 모은
LP판을 꺼내 든다

이영화와 전영록이
까무룩 나를 보는

지문이
음골에 남아
귀를 연다, 푸른 추억

보리밥에 고추장 얹어,

예전에 글 연습 하던 노트에서
'글 가난이 서럽다'는 글귀가
내 눈에 어른거리며 들어온다.

어릴 때부터 시인의 꿈이 있었지만,
나름 직장 생활을 하면서 기회를 놓치고
나는 늦깎이로 시조시인이 되었다.

소소한 작품이라도 쓸 수 있다는 게 행복하다.
누군가처럼 고품격 작품을 써낸다든가
수준급 시인이라는 칭송은 나에겐 사치다.

비루한 시 재료에 알싸한 고추장 감성 얹어
독자에게 작은 감동 하나 남기면 그만이다.

비워내고 덜어내는 그런 글월이면 좋겠다.
깊은 호흡이, 따뜻한 감성이 담기면 더욱 좋고.

김종빈

2004년 《시조문학》 등단.
2009년 제3회 시조시학 젊은시인상,
2010년 제4회 이호우시조문학상 신인상 수상.
시조집 『냉이꽃』 『몽당 빗자루』, 현대시조선 『별꽃별곡』.
가람기념사업회 사무국장.
33169b@hanmail.net

탑을 쌓다

씨줄 날줄 먹을 놓아 결대로 깨낸 바위

모나고 거친 돌이 정을 맞고 맞을수록

조금씩 면이 생기고 선과 각이 살더니

흙을 돋우고 메질을 해 수없이 다진 땅에

누천년 버텨야 할 지대석으로 앉혔다

울 할배 가부좌 틀고 터를 잡은 것이다

집안의 바람대로 읊조리던 사서삼경은

층층 몸돌이 되고 지붕석으로 얹혔다

삼대가 받치고 있는 그 언저리 환하다

점묘

봄 산 한 채를 옮겨 걸어 두고 보고 싶네

뜬구름 한쪽 산벚꽃 산꿩 우는 소리까지

민낯의 아릿한 능선 두고 온 그 떨림까지

해운대 각覺

본능처럼 섬에 올라 떠오르는 해를 본다
수평을 가르고 있는 고깃배의 이른 아침
갈매기 알짱거리며 몇 발짝 앞서 걷는다
엊저녁 숙취가 남아 자꾸 놓치는 오륙도
발목 잡는 모래밭 뒤돌아 발자국을 세다
어느새 흥얼거린다, 돌아와요 부산항에〜
온갖 사연 오고 갔을 수평선을 바라보며
담담히 하늘과 맞댄 그 깊이나 짚어볼까
무뎌진 객기를 꺼내 던지고 던진 돌팔매
촘촘한 내 발자국들을 쓸고 지우는 파도
한때의 부푼 꿈들이 밀려 쌓이는 해운대
저 멀리 구름을 뚫고 까치놀이 떴다 진다

산매화

지리산 자락엔 숨어 피는 매화가 있다
안으로 참은 한숨 산그늘에 쏟아놓고
스스로 기척에 놀라 달빛으로 확 번지는

그 골짜기 매화는 한날한시에 꽃이 핀다
까닭 없이 쫓기다 진 혼빛을 밀고 와서
늦도록 희미한 봉창 눈물 한 겹 덧바르며

한 자락 비탈 얻어 발목 심고 살고 싶다
첩첩 빗장의 능선 봄마다 제일 먼저
사나흘 하얗게 앓다 한 구절씩 떨구며

잠깐 그친 비 사이로 하늘빛이 깊습니다
모로 누웠던 풀들이 하나둘 일어납니다
환장할 생명력 앞에 초라해지고 마는 나

최양숙

1999년 《열린시학》 등단.
열린시학상, 시조시학상 수상.
시집 『활짝, 피었습니다만』 『새, 허공을 뚫다』.
soosunha61@hanmail.net

백련사 동백

뒤틀리고 거꾸러졌다고

사무치게 보지 마라

온몸에 박혀버린

종양도 내 살인걸

폭풍우

치는 밤에도

그대 올까 꽃문 여네

긍긍

날개를 접어야지 마음껏 부서져야지

두 시에 잠이 들어 시월에 일어나야지

언제든 빗나가려고 외진 곳을 찾아야지

내 몸을 연주하던 바람은 현재 완료

짜내도 올라오는 부스럼은 과거의 진행

떠나고 버릴 때마다 더 가까이 가야지

가랑잎

어느 날 목이 말라 들창문에 기대었다
마당에는 뜻밖에도 온갖 꽃이 모여 살았고
함박꽃 한 무더기가
휘파람을 불었다

그 안에 머물고 싶어 몇 번을 살랑이다
어떠한 실마리나 구실에 휘말려서
가까이 앉는 순간을
다 놓치고 말았다

누군가 창을 열어 거꾸로 집어 든 나를
거리에 부려놓고 문을 꾹 닫아버렸다
나는 또 나를 던지며
굴곡으로 가곤 했다

(발견 2020 봄호)

밤의 패턴

유성이 떨어져서
강 건너로 사라졌다
너는 강가에 앉아 떠나간 별을 그리고
조금씩 밀려간 나는 손톱 닳은 너를 그렸다

차압당한 방에서 살아남은 겨울이라든지
입덧이 시작된 배를 자전거에 치였다든지
서로를 꺼내는 말이 그리 쉽진 않았다

별들도 듣지 못한 차가운 이야기는
닿을 듯 닿지 않는 물살에 끼어들고
어둠은 눈물을 비벼 말리기도 하였다

(시와문화 2020 봄호)

나의 시는,
거칠고 투박하여
차림새가 단정하지 않았으면 좋겠다
처음과 끝이 분명하게 보이는 시가 아니라
약간은 흩어져 있고 뒤바뀌어 있으며
언제 일어날지 모르는
게으름뱅이였으면 한다
그러나 딱 한 가지,
내 가슴의 뜨거운 피를 거쳐 간
각각의 맛이었으면 좋겠다.

박정호

1966년 전남 곡성 출생.
1988년 《시조문학》 추천완료.
시집 『빛나는 부재』.
hanullbada@naver.com

천둥 속에서

천둥 울고 번개 쳐서 땅 꺼지는 그런 날, 천둥 속에… 번개 속에… 아우성 그에 묻혀 숯검정 몰골을 하고 저리 뛰고 이리 구르다가. 그대여 혹시, 그대여 돌아설 곳 없거들랑 우리 서로 눈 맞춰 도망이나 갈까나 돌 같은 애 하나 낳고 살까나 그냥, 그냥. 돌비알 짊어지고 발 하나 흙에 묻어 꽃 나든지 풀 나든지 썩어 거름 되든지 살까나 그래도 된다면, 천둥처럼 천둥 속에서.

붓

먹물이 번지는 길의 시간이다

  우모牛毛든 서수필鼠鬚筆이든 갈근葛根이든, 그을린 부지깽이 또는 깨물어 낸 손가락으로 이 땅에 휘갈겨 쓴 몸은 한 자루 붓이었다. 닳고 닳은 붓 한 자루가 세상을 갈고 닦았던 도구였다. 바람이 몸을 펼쳐 넘긴다. 쓰다가 지운, 물에 쓸려 읽을 수 없는, 삐뚤삐뚤 갈지자로 걸어와 여백으로 남은 사람

  난봉꾼 잡설일지라도 한 권 책이었다.

화음방심 花陰放心

에돌아간 들길이 까닭 없이 시끄러웠을까

오려고 그랬던 거지. 왔으면 된 것이지. 기어이 와서 다잡은 마음 흔들어 놓고 가려는 것이지. 앞뒤라 할 것 없이 강물을 타고 오르는 녹음을 당겼다 밀었다 하며 들쑤시고 다니는 심보를 어쩔 것인가. 들병이* 불러 잔 기울이던 지질컹이**에게도 울긋, 불긋 소식이 닿아 꽃눈 뜨고 보는 봄이라, 허허! 봄이라. 그렇구나. 봄은 오는 것이었다. 오는 것을 보는 것이었다. 막히고 닫힌 틈을 내어 잔설 녹여내고 거친 땅 헤집어 싸질러 가는 불의 입김이었다. 무심하다 해도 떨리는 흉금胸襟을 감출 도리가 없다. 열여덟 춘심은 아니더라도 개나리 진달래 그늘에 들어 먼 산이라도 바라보자. 하늘 깊은 곳이라도 치어다보자. 이미 알고 있어도 짐짓 모른 척, 사막의 모래능선이 생겼다 사라졌다 하는 것을, 말도 없이 왔다가 가는 것을, 그래서 허허이, 허허! 새삼스러워하는 것을. 남 일인 양 그저 그러려니 하다가 혹시라도, 자라난 가시에 스스로 다쳐 울 수 있다면 울어라 천명天命이 다하도록 펑펑 울어버려라. 그마저 할 수 없다면 입 닥치고 있을 수밖에

불러서 오지 않으니 부르며 가던 그날을 지나와 알게 뭐
야 저런, 저런 꽃그늘 아래 놓아버린, 놓쳐버린 마음을 두고
에라! 바람이나 피울까 봐.

* 병술을 받아서 파는 떠돌이 계집을 속되게 이르는 말.
** 무엇에 지질려 기를 못 펴는 사람.

산다경 山茶徑*

옥판봉玉板峯* 능선을 굴러 돌처럼 꽃이 진다

유상곡수流觴曲水* 아홉 굽이 마른 물길로 꽃이 져서 꽃이 떠서 흐른다. 쿵! 쿵! 쿵! 꽃 떨어지는 소리에 꽃이 진다. 첩 첩 수심도 없이 꽃 지면 하늘과 땅은 멀어져 꽃 진 빈자리 꼭 그만큼 길이 열린다. 오너라 오너라 누구든지 와서 꽃 떨어지는 소리 들어보아라. 적막한 구곡간장에 꽃 떨어지는 소리 받아 가거라. 한 가지에서 난 것인 양 꽃 지니 마음 지더라

그 꽃을 밟지 않고는 별서에 닿을 수 없다.

* 산다경 : 별서정원으로 들어가는 동백나무(별칭 山茶) 숲의 작은 길.
* 산다경, 옥판봉, 유상곡수 : 각각 백운동 별서정원의 12경 중 하나.

코로나19로 인해 세상이 멈춰버렸다. 탐욕스러운 이기심과 무지몽매함으로 난개발을 일삼던 인간에게 자연이 경고를 보내고 있는 것이다. 그러나 인간은 아랑곳하지 않는다. 네 탓을 하고 자국의, 아니 개인의 영달을 위해서 대중을 기만하고 그럴싸하게 포장한 얼굴로 순간순간을 모면하며 물질만능의 시대를 호도하고 있다. 기업윤리와 인간의 도덕은 구시대의 유물로 전락하였고, 오로지 먹고 싸고 즐기는 쪽으로만 발달된 인간에게 더 이상 희망을 이야기할 수 있을 것인가? 소통의 시대에 대화는 단절되었고 힘을 앞세운 자국우선주의의 논리로 야기되는 분란은 세계질서를 어지럽히며 불안과 공포를 조장하고 있다. 그야말로 상놈의 시대가 도래하고 있는 것이다.

그런 세상이 무섭다. 집단이기주의와 더러운 욕망만이 판치는 세상에 문학은 과연 필요한가? 문학 또한 필요악이 되어가고 있는 것은 아닌가? 상대를 존중할 줄 알아야 나 또한 존중받는 것임에도 인문주의의 정신에서 밀려나고 있는 문학은 또 다른 사치는 아닐 것인가?

시간과 공간이 제약된 상황 속에서 그래도 시를 쓴다.

부디, 나의 시가 단순한 욕망의 배설이 아니기를 바랄 뿐이다.

염창권

1990년 〈동아일보〉 신춘문예 당선으로 등단.
시조집 『햇살의 길』 『숨』 『호두껍질 속의 별』 『마음의 음력』.
평론집 『존재의 기척』.
한국시조시인협회상, 중앙시조대상, 오늘의시조문학상 수상.
gilgagi@hanmail.net

세면대
– 광주 국군통합병원에서

밖에서 본 건물은 낡고 병든 몸이었다
갈라진 회벽을 타고 오른 넝쿨들이
부서진 창문 안으로 손을 밀어 넣는다

수채통에 쑤셔 넣은 기억들이 일어선다
직사각형 세면대에 벌건 피 번져가던
고문과 족쇄의 통증이 무릎 아랠 훑고 간다

안으로 첩첩이 닫힌 문들, 그 굴종을
배수관 저 아래로 천천히 흘려보낸

검푸른 시간의 폐쇄지,
빈 수전水栓만 남은

바닥

등나무 밑 구부정한 그림자, 줄 묶여 있다

걸으며 애써 끌고 온 생애가 빌붙은 듯

밑창이 닳은 길에서 만난 공중 —

아찔하다.

추억은 도사처럼

여행 중에 인도에서 나눠 먹은 건 도사였다

마살라, 나루, 라바 도사 중 어느 걸 먹었는지, 그 움푹 꺼진 얼굴로 날 불러 세울 때 나도 움푹 꺼진 목소리로 응답했다, 낯선 곳에서 아메바에 감염된 짐승처럼 소를 넣은 도사처럼 몸피가 축축했다, 다크서클, 몸의 누수가 진행되는 증거리라, 그믐달 문양이 떠오른 얼굴 건너 깊어진 동굴 저쪽에서 눈빛 둘이 반짝거렸다

몇 광년 떠돌다 온 별빛, 카레 냄새 풍겨온다.

잉크

시간의 몰약 같은 강물 빛이 고여 있다,

흡혈의 영혼들이 쓰러져 누운
저탄장貯炭場에

네 혀는 검고 말라서, 수유는 길고 진해서

한 뭉텅이의 구름을 이고 있던 지붕에 세찬 빗줄기가 느껴진다. 이번 비구름이 지나가려면 족히 삼십 분은 걸릴 것이다. 정자 밑으로 떨어진 낙숫물은 고랑을 이루며 근원지를 향해 흘러간다. 그와 같은 물길이 내 인생이나 되는 것처럼 들여다보며 시간 가는 줄 모른다.

겹겹의 능선들이 한 하늘 아래 고분고분 엎드려 있다. 물기를 흠뻑 뒤집어쓴 비탈에서 물안개가 피어오른다. 한 가지에서 태어난 씨앗들은 바람에 휩쓸려 지상의 여기저기로 흩어진다. 원래는 동과 서가 없이 태어난 생명이었으나, 떨어진 자리에서 분별심이 생기고 한번 움켜쥔 땅은 놓아주질 않는다.

그렇듯 귀한 사람도 없고 아주 천한 사람도 없을 것이나, 자신의 자존이나 생계에 몰두하다 보면 다른 이의 처지나 인격에 무관심하게 된다. 학벌, 지연, 혈연 등을 따지는 것은 불안한 미래에 대한 방패막이를 찾고자 함이다. 처음에는 한 가지에서 태어났으나 우연한 일로 아주 원수 보듯 하는 일이 매우 흔하다.

강경화

2002년《시조시학》신인상 등단.
광주전남시조시인협회 작품상, 무등시조문학상 수상.
시조집『사람이 사람을 견디게 한다』외.
enterkkh@naver.com

손가락을 앓다

검붉은 손톱 위로 짧은 비명이 번진다
상처에서 소리를 길어 올린 실오라기
손가락 끝에 매달린 눈물이 거슬린다

찬찬히 당겨보는 저편의 기억들
깨어진 시간이 덤덤히 줄을 선다
하얀 달
그 끝을 붙잡고
차오르는
마음 언저리

(광주문협 2020 봄호)

어떤 가뭄

녹슨 수도꼭지처럼 빡빡하게 감기는 눈
마른하늘 쳐다보는 날이 많아졌다
언제쯤 내 안 가득히 푸른 물 또 출렁일까

설움도 뿌리가 있어 하염없이 말라갈 때
자꾸만 감기는 눈에 뿌옇게 떠도는 울음
기억은 삼키지 못해 두 볼 타고 흐른다

(한국동서문학 2020 여름호)

헐거움에 관하여

오른발보다 반 치수 정도
헐거워진 왼발

늘 한쪽으로 치우쳤던 생각처럼
기운 길

왼발의
헐거운 기억
뒤꿈치부터 닳는다.

(시조미학 2020 여름호)

겨울, 항동*에서

실타래를 감다 보면 단단해져 굴러가듯
항동의 걸음들은 저벅저벅 늘 분주하다
바다가 정박하지 않아 배마저도 숨이 차다

밑바닥부터 절여온 시간도 짜지만은 않아
덤으로 얹혀진 젓갈처럼 흘러내린다

더디게 삭혀진 것들은 얼지 않는다
항동처럼

* 목포에 위치한 시장.

　신발을 살 때면 매번 하는 고민 하나, 신발의 사이즈를 왼발에 맞출 것인지 오른발에 맞출 것인지. 신발 가게 주인은 나만 그러는 것이 아니라고 하지만 한번 선택하면 그 신이 다 닳도록 어느 한쪽은 참고 걸어야 한다. 꽉 끼든지 아니면 헐겁든지.

　신발을 살 때가 돼서야 마주하게 되는 낡은 바닥, 걸어온 길이 한결같지 않을 텐데 볼품없이 닳은 곳은 매번 같다니……. 어쩌면 내 일상이며 생각까지도 한쪽으로 치우쳐 닳고 있는 건 아닐까? 새 신을 신고 첫발을 내디디며 그리 오래가지도 못하는 다짐을 또 한다. '이번만은 치우치지 말자.'

김수엽

1992년 〈중앙일보〉 연말 장원, 1995년 〈경향신문〉 신춘문예 당선.

역류 동인.

ksooy99@hanmail.net

민달팽이의 말

집값이 폭등했다는 그 소식을 접한 뒤로
오늘부로 집 없는 당신
안타깝게 존경합니다
한평생
겨우 장만한
이 아파트 한 채 가진 나

둘, 셋 더 가질수록 자랑스러운 이 세상
그 욕망 이해합니다, 이해해서 덧난 상처
하나는
둘 이상 아래
짓눌려서 괴롭습니다

또 아침 습한 땅속을 찾아가는 그 알몸
나를 치는 무언無言의 말
민망해서 고개 숙일 때
해 질 녘
잎 갉아 먹는
그 소리가 우레 같습니다

지금, 손자孫子

내 앞에 네가 있어 귀를 열고 눈을 떴다
울음은 어제였고
오늘은 그 옹알이

입가에
살짝 흘리는
그 웃음은 내일이다

정읍행 井邑行
− 광화문광장에서

버스가 설렘을 싣고 외줄 타듯 출발이다
오랜 세월 내 마음에 뿌리를 둔 녹두꽃
이 유월
내 눈과 귀는
당신 향해 쫑긋하다

우리 봄을 훔치러 온 도적 떼의 웃음소리
그 작은 몸뚱이로 당당하게 맞선 당신
그 함성
말목장터에서
한양까지 퍼진 울림

백 년 전 그 깃발 대신 빛나는 촛불들이
이렇게 광화문광장에 풍선처럼 부풀어도
아직은
사람과 사람 사이
그 길은 공사 중

영혼이 배고플 때면 황토현으로 달려가
돌 속에서 돋아나온 기억들을 열어보면

녹두꽃

내 혈관을 타고

스며드는 그 향기

지금, 카톡

손가락이 기억했던
그 언어를 툭툭 치면
달그락 향기로 오는 사랑한다는 그 문자
아들도
그 피곤함도
웃음으로 열렸다

나만의 숙제

우리 몸은 손과 발, 눈 등을 이용해서 만나는 대상을 감각적 이미지로 기억하고 그걸 바탕으로 대상을 인식하는 습관성 무의식으로 무장되어 있다.

그러기에 사람이나 사물을 대면할 기회가 많을수록 몸이나 감각의 근육이 튼튼해지면서 대상에 대한 기억의 양도 많아진다. 그러나 이놈의 코로나19 때문에 그러지 못하는 현실이 그저 안타깝고, 마음조차 텅 빈 느낌이다.

필자는 우리가 사는 세상에서 소중하게 여기는 가치는 무엇일까? 하는 생각을 해보았다. 그거야 사람과 시대에 따라 다를 수 있어 특정한 가치 하나로 설명할 수 없겠지만 개인적으로는 '정의'가 아닐까 한다.

요즘 사회적 갈등 문제가 된 부동산, 성차별 문제도 정의의 기준으로 바라볼 필요가 있다. 이유는 개인적 가치보다 공공의 가치를 우선해야 하기 때문이다. 정치인이나 권력자들의 위선적 외침에 평범한 사람들이 눈을 크게 뜨고 회초리를 들어야 할 때가 아닌가 싶다.

이를 전라도 정신에서 찾아보는 숙제를 해볼 참이다.

오늘 하루쯤은 분노가 없는 날이길 소망해 본다.

이택회

2009년《시조시학》등단.
가람기념사업회 부회장.
시조집 2권, 그 밖에 4권.
yitaekhoe@hanmail.net

망월동 혹은 2020년 5월

찔레꽃 이팝나무 토끼풀 아카시아

남녘 들 꽃들마다 하얀 만장 펼쳤다.

개구리 만가 소리도 새하얗다. 계면조다.

(시조미학 2020 가을호)

개구리 소리를 읽다

못된 송아지 엉덩이에 뿔 난다더니
어린 것들이 불장난하기 시작한다.
아직도 날이 벌건데 깨굴깨굴 망나니.

단가를 부른다. 추임새도 뒤따른다.
어둠이 내리면서 개굴개굴 소리판이다.
들녘은 뜨거운 마당, 세레나데 드높다.

과부라도 이혼녀라도, 홀아비들의 몸부림
가끔씩 쉬어가며 목소리도 늘어졌다.
자정을 기어서 넘는다. 골골골골 쉰 고개.

꼬끼오 앞소리에 뻐꾹뻐꾹 받는다.
꿩 꿩 멍멍 컹컹 아침 인사 뒤에 가린,
'개구울', 전전반측하는 쪽방촌의 중저음.

해오라기 몇 마리가 대낮에 어슬렁거린다.
'살충제 제초제에도 목숨을 부지했느니라.'
무논에 납작 엎드려서 신혼집을 짓는다.

사리암邪離庵

탐심 백 근 성냄 백 근 어리석음 백 근에다가
근심 백 근 오만 백 근 무지 백 근 기타 사백 근
운문산 올라갈 때는 마음 천 근 몸 백 근.

산새가 물어 가고 냇물이 씻어 가고
바람이 몰아가고 구름이 안고 가고
누구도 가져가지 않은 몸 백 근만 지고 온다.

옷 한 벌

우리네 할머니들의 삶이었던 베옷 한 벌.

삼씨를 심어 가꾸고 베어다가 삶고 껍질을 벗기고 속살을 말리고 손톱으로 째고 허벅지에 대고서 침 발라 삼고 마당에서 날고 풀칠하며 매고 베틀에 앉아 짜고 자로 재고 마름질하고 한 땀 한 땀 꿰매고 박고 누비고 공그르고 홀맺고 빨아서 풀을 먹이고 숯다리미로 다리느라 손발은 쇠가죽 되고 허리는 장작개비 되었다.

손녀는 손전화 자판에서 손가락 몇 번 까딱까딱.

2020년 5월은 무척 슬픈 달이다. 5·18 40주년이라고 낡은 필름을 꺼내어 상처를 후벼 파고, 코로나바이러스19로 온 세계에 만가 소리가 드높았다. 5월 중순 들녘에 나가니 온갖 꽃들이 흰빛이다. 순간 5월에 죽은 이들을 생각했다. 그들을 조상하는 만장이라는 생각이 들었다. 그 무렵 개구리 소리를 들으려고 여러 날 동안 초저녁부터 새벽까지, 대낮에도 들녘에 나갔다. 개구리 소리마저 만가로 들렸다. 5월에 이승과 저승을 달리한 모든 이들에게 삼가 조의를 표한다.

개구리는 짝을 찾기 위해서 사랑가를 부른다. 「개구리 소리를 읽다」는 개구리 소리를 들으며 청소년부터 쪽방촌에서 홀로 사는 이들까지 떠올려 본 것이며, 「사리암」은 어찌지 못하는 육신에 대한 짐을, 「옷 한 벌」에서는 오늘날 세태를 되짚어 보았다.

강대선

2019년 〈동아일보〉 신춘문예 시조 당선.
89kds@hanmail.net

울어라, 봄

울지 않는 계절은 아직 봄이 아니다

피맺힌 절규로 새순이 일어나니

울어라, 얼어붙은 새

핏빛으로

울어라

진수성찬

쏟아지는 빗소리는 내 생의 진수성찬

엄마 젖을 못 먹고 자랐다고 들었지

웅크린 내 입에 대고

부은 젖을 물리신다

산고産苦

쉽게 떨어지는 꽃잎 한 장 없듯이
쉽게 떠나가는 마음 한 겹 없다네
그대가 떠나가는 일로
천둥이 울었다네

쉽게 피어나는 꽃잎 한 장 없듯이
쉽게 찾아오는 사랑 한 줄 없다네
그대가 찾아오는 일로
우주가 멈췄다네

가짜 뉴스

두 얼굴로 떠다니는 야누스의 화면들

진짜가 흔들리고 가짜는 선명하니

낯설다, 저 맑은 흐림

초점을 잃는다

코로나19로 힘든 시기를 보내면서 문득 갇힌 사회가 되어
버린 느낌이었다. '자발적인 거리 두기'라지만 만일 이것이 독
재자에 의한 강제 격리라면 어땠을까 하는 생각을 하게 된다.
코로나19는 독재자일는지 모른다. 자연을 파괴하고 인간의 욕
망을 향해 내달리는 열차에 경고를 하고 있는 것은 아닐까.

그냥 일어나는 현상은 없다. 그 현상을 읽어내고 보다 나은
길로 인도하는 일이 시인의 길이기도 할 것이다. 인간성을 잃
어버린 사회에 대한 경고. 그래서 시조를 쓰는 일은 오천 년
우리 역사의 맥을 이어가는 일이다. 그 속에는 헛된 욕망의 길
을 벗어나는 지혜가 담겨 있다.
부족한 재주를 탓하며 졸작을 내놓는다.

이성구

전남 강진 출생.
2013년 《시조시학》 신인상 등단.
시조집 『뜨거운 첫눈』.
해동종교창시연구소장.
leesungku239@hanmail.net

월출산 옻나무

붉은 잎 자랑할 때
스쳤던가
보았던가

초대도 없었지만
소슬하게 다녀왔지

아무도
봐주지 않아도
혼자서 벌겋던

구강포 낮잠

밥 먹어라
하는 말에
폴딱!
일어났다가

엄니가
안 계셔서
다시 돌아누웠네

애타게 밥 먹으라는 말
오래전의 그 말

약산 낚시

이번 낚시에서는
빈손으로 돌아왔네

요염하게 요동치는 게
어찌나 무섭던지

정말로 놓친 것이지
놓아준 게 아니지

첫사랑

사장나무 아래에서
눈 피하며 했던 말

다음 생을 말하면서
있었으면 좋겠다고

그때는
눈송이 하나
호박잎만 했는데요

진작에 포기했을
무의미한 길이었으나

시라는 것이 뒤를 밀어
여기까지 온 것 같다

가만히 더듬어본다
닿으려 하는 것, 곳, 바 들을

박현덕

1967년 전남 완도 출생.
1987년《시조문학》천료.
1988년《월간문학》신인상 시조 당선.
중앙시조대상, 오늘의시조문학상, 송순문학상, 백수문학상 등 수상.
시집『밤 군산항』외 다수.
역류 동인.
poet67@hanmail.net

밤

푸른 생 카페 앉아
창밖을 슬멋 본다

음악에 가로등은 달처럼 환해지고

자꾸만 찔리는 가슴
슬픔 빠져 나간다

음악에 취할수록
고도 올려 비행한다

이 지구 어디론가 몰래몰래 숨고 싶어

집으로 돌아가기 싫은
끔찍한 밤 열한시

밤은 뭉친 고요를
풀어놓고 부풀린다

밀려온 기억 들춰 누군가를 부르면

나의 밤, 촉촉하게 젖어
꿈속까지 파고든다

다시, 팽목항

내가 언제
바다 보고
울음통을 비웠나

눈물이
바짝 말라
봄은 멀리 달아나도

늦저녁
하늘을 껴안는
수백의 별 무더기

한때 벽소령에서

실직당한 몸 이끌고 지리산 올라간다
자꾸 뭔가 변명하듯, 능선 따라 울음 뱉고
촉촉이 젖은 나무가 내 어깨를 짚는다

너럭바위 훌렁 누워 구름을 당겨보면
까닭 없이 찾아온 공복처럼 쓰린 생,
그 영혼 바람을 탄 채 구름 주위 맴돈다

깊은 적막 휩싸인 벽소령 밤결이여
첩첩 산 칠흑 같던 어둠 뚫고 만월 뜨면
노곤한 한 생이 저리 긴 행적을 밝힌다

겨울비

간곡한 이 하루가
다 취할 듯
비 내린다

떼 지어
밤거리를
쏘다니던 그 젊음도

이제는
다소곳하다
손등이 촉촉하다

하루의 끝물, 창문을 열고 밖을 보면
바람에 불빛들이 흔들린다
그 불빛처럼 나의 시도
율의 노래를 들려줄까

김강호

1999년 〈동아일보〉 신춘문예 당선.
고등학교 1학년 교과서에 「초생달」 수록.
광주전남시조시인협회장 역임.
시조집 『군함도』 외.
poet1960@hanmail.net

발

너를 가만 들여다보면 산 있고 계곡 있고
숨 가쁘게 내달리던 원시의 소리 있고
긴 어둠 강을 건너던 부르튼 뗏목 있다

험한 길 걷는 동안 못 박히고 뒤틀렸지만
속울음을 삼키며 순종해 온 너를 향해
무수히 많은 길들이 걸어오는 걸 보았다

새벽녘 경쾌하게 내딛는 너에게서
빌딩 숲 울려나가는 청포돗빛 실로폰 소리
절망도 가볍게 넘을 날개 돋는 소리가 난다

(나래시조 2020 봄호)

치매 나무

눈보라 몰아치는 깊은 산 허리춤에
뒤틀린 채 버려진 구순의 어미 나무가
온몸에 박힌 옹이만 종일토록 매만진다

살아온 날 다 쏟아져 쭉정이만 남은 일생
까마득한 기억 숲을 헤매다가 돌아와
곰삭은 사랑 주머니 뒤적이며 구시렁댄다

얼어붙은 눈물이 잘랑대는 어스름 녘
오는 듯 돌아가는 새끼들 헤맬까 봐
따듯한 나이테 꺼내 길로 풀어놓는다

(정음시조 2020 – 2호)

나이테

겨울이 흩날리는 강둑길 거닐다가
내 마음 들여다보니 엘피판 돌아간다
예순 개 깊은 골마다 낯익은 노래 띄우며

압축된 지난날이 애절하게 흐를 때
가끔씩 지직거리는 잡음마저 달콤해서
내 흥에 내가 취한 채 추임새 넣고 있다

새겨야 할 인생의 테 얼마나 남았을까
달무린 듯 은지환인 듯 담금질한 테 하나를
뜨겁게 새겨 넣는다 울림소리 푸르다

(오늘의시조 2020 – 14호)

동백 필사

중산간 둘러 퍼진 해맑던 웃음소리가
총부리에 흩어져 눈먼 세월 칠십 년
녹이 슨 빗장을 열자 갇힌 울음 쏟아졌다

저건 분명 꽃이 아냐 아무렴 꽃이 아니지
구멍 난 앙가슴에서 흘러나온 핏덩이를
꽃인 양 꺼내어 들고 흐느끼고 있는 거지

원혼곡 한 구절을 한지이듯 펼쳐놓고
비수보다 푸른 붓으로 쓰고 싶은 동백 필사
난 차마 쓸 수가 없어 돌아서고 말았다

(시조미학 2020 봄호)

코로나19가 세상을 구속했다
오래간만에 다녀온 용천사엔 여전히 꽃무릇 일렁였다
누가 오든 말든 자연은 그대로 자연스럽고 자유롭게 잘
산다
무섭다, 구속이란 것
어깻죽지가 자꾸 가렵다
날개가 돋고 있나 보다

용창선

2015년 〈서울신문〉 신춘문예 등단.
시집 『세한도歲寒圖를 읽다』,
저서 『고산 윤선도 시가와 보길도 시원 연구』
『고산 윤선도 한시의 역주와 해설 1』외.
보길도 윤선도문학관 스토리텔러, 목포시립도서관 상주 작가,
목포대학교 출강.
dragon4424@naver.com

갯가의 묵은 필름

물새 떼 울음들이 갯가에 찍히던 유년

날만 새면 둠벙에서 말뚝이처럼 양반* 낚고, 솔매미 대매
미 실 묶어 날려대다, 새참 한 끼 고소하게 철퍼덕 개구리
잡고, 볼펜총 발명가 입가 잉크 범벅 칠에 신우대 팽총 놀
음도 한낮에는 뜨악하다. 선사先史의 돌멩이 물수제비 날아
올라 뗏마 밑 잠수하다 배 밑창에 머리 박고, 솔섬**까지 헤
엄치다 마파람에 떠밀렸지

오늘도 눈가에 밀려오는 저, 맨발의 파도들

* '왕잠자리'의 완도 사투리.
** 완도군 노화읍 넙도 내리 앞에 있는 부속 섬.

코로나19

박쥐 똥 원숭이 골 천산갑이 숨긴 역린
혀가 둘둘 말려들고 몸서리가 쳐지는 맛
우한에 차린 밥상은
저물녘의 별미라오.

마스크 너머에는 숨 쉬는 그대가 있소
서둘러 핀 목련꽃도 못 피하는 자가격리
못 믿는 거울을 보며
마스크를 다시 끼오.

에코의 서재

바라보는 눈길은 그들의 몫이지만
파도와 갯내음은 나무나루木浦 향기라오
눈물에 빠진 노을이 아리도록 눈부셔요.

비린내가 퍼덕이는 선창 골목 헤매는 밤
샛바람 치는 날은 부평초도 서럽다나
불빛에 따라온 그림자 헤아리며 갑니다.

덤으로 받은 선물 에코와의 산책길은
잠든 세포 깨우는 그녀만의 시간 여행
행복은 『정희진처럼 읽기』
녹아드는 커피 한 잔.

화엄음악제

만상이 소리 안에 하나로 피어난 곳
화엄은 온 누리에 저녁놀로 깔린다.
낡은 경經 한 구절에도
목덜미가 붉은 산새

어둠이 기어드는 산사의 가을밤에
영성의 몸부림도 별이 되는 각황전
만다라 환한 달빛이
연꽃으로 피어난다.

「갯가의 묵은 필름」은 어린 시절 완도 바닷가에서 뛰놀던 추억의 저장고다. 「코로나19」는 우한발 인류 대재앙을 폭로한 일명 염라국 초대장이다. 「에코의 서재」는 목포 하당 바닷가에 있는 커피숍으로 박창경 회장님과 커피 한 잔 마시며 『정희진처럼 읽기』를 만나게 되는데, 중요한 것은 무지가 아니라 무지를 깨달아 가는 삶이라는 것을 알게 된다. 이 책에서는 "무지란 자기가 뭘 모르는지 모르는 사람이다. 이러한 사람이 활발한 사회운동을 할 때 '걸어 다니는 재앙'이 따로 없다. 대안은 24시간 긴장, 타인 존중, 말 줄이고 경청, 자기 몸 작게 하기, 중단 없는 주제 파악"이라고 했다. 가을이 깊어가는 밤, 산사 음악회를 통해 "만다라 환한 달빛이/ 연꽃으로 피어"나는 화엄세계를 기대해 본다.

2015년도

2015. 4. 12. 시조시인 모임 '율격' 발대식(신정한정식, 광주 서구 농성동)

-회원 자격 : 전남·전북·제주와 광주광역시에 거주 및 연고를 둔 시조시인

-발족 취지 : 회원 상호 간의 친목을 도모하고 권익을 옹호하며 시조문학의 예술 창작 활동에 기여한다

-회칙 제정 및 초대 임원 선출 : 회장 박현덕, 사무국장 문제완, 재무 유헌

-카페 개설 : http://cafe.daum.net/sijoyul/

-밴드 개설

참석회원 : 강경화 강성희 김강호 김수엽 김종빈 김진수 노종상 문제완 박정호 박현덕 염창권 용창선 유헌 이송희 정혜숙 최양숙 (16명)

※ 모임 이름은 '율격律格'으로 광주교육대학교 염창권 교수 제안으로 결정

2015. 5.

용창선 동인 한시 해설서『고산 윤선도 한시의 역주와 해설 1』 출간

2015. 6.

염창권 동인 시조집『숨』출간

2015. 8.

유헌 동인 시조집 『받침 없는 편지』 출간

2015. 11.

유헌 동인 시조시학 젊은시인상 수상

2015. 12.

염창권 동인 중앙시조대상 수상

2016년도

2016. 1. 10. 정기총회 개최(신정한정식, 광주 서구 농성동)

-회칙 통과 : 내용 카페 게시

-신입회원 : 김혜경 시인(전주) 가입

-동인지 발간 계획 및 정기모임 일정 확정

참석회원 : 김강호 김수엽 김종빈 김혜경 문제완 박현덕 염창권 용창선 유헌 정혜숙(10명)

2016. 5. 21. 정기모임 개최(전남 강진군 달빛마을)

-유헌 회원 추진으로 강진 팜 투어 겸 1박 2일 정기모임을 개최

-동인지 발간은 대표작 1편, 신작 3편으로 하되, 1편은 강진 관련 작품

-신입회원 : 이성구 시인(강진) 가입

참석회원 : 김수엽 강성희 용창선 김종빈 문제완 박정호 박현덕 유헌 김강호 정혜숙 선안영 김혜경 최양숙 이성구(14명)

2016. 11.

이성구 동인 시조집 『뜨거운 첫눈』 출간

선안영 동인 유망작가지원금 수혜

2016. 12.

　　김강호 동인 시조집『참, 좋은 대통령』출간

　　강성희 동인 시조집『바다에 묻힌 영혼』출간

2016. 12. 10. 정기모임 개최(순득이식당, 목포시 산정동)

　　-강성희 회원 초청으로 목포 일원 관광

　　-강성희 회원 시집출판기념회 축하(목포문학관)

참석회원 : 김수엽 강성희 김종빈 박정호 박현덕 유헌 김강호 정혜숙 김혜경 최양숙(10명)

2017년도

2017. 5.

　　박현덕 동인 시조집『야사리 은행나무』출간

2017. 7. 1. 정기총회 개최(전주 한옥마을 일원, 전주 아이게스트하우스)

　　-동인지《율격》(부제 : 달의 남쪽을 걷다) 창간, 출판기념회

　　-2대 임원 개편 : 회장 김수엽, 사무국장 김종빈, 재무 김혜경(임기 2년)

　　-동인지 출판에 따른 의견 수합은 회장이 밴드를 통해 공지

　　-모임 : 정기총회는 1박 2일, 정기모임은 당일로 결정

참석회원 : 김수엽 강성희 김종빈 염창권 문제완 박정호 박현덕 용창선 이성구 유헌 김강호 정혜숙 김혜경 최양숙(14명)

2017. 10.

　　유헌 동인 고산문학대상 신인상 수상

　　이택회 동인 가람시조문학상 신인상 수상

2017. 11. 11. 정기모임 개최(광주 오얏리돌솥밥, 미암박물관 탐방)

-동인지 2집 발간 : 연회비 납부, 편집위원 구성, 연혁 추가

-시집 출간 및 문학상 수상 축하와 모임 후기 기록(용창선) 방법 논의

-다음 정기총회부터 호남가단 원로 시인과 만남 주선(김종, 송선영, 최승범)

> 참석회원 : 김수엽 김종빈 염창권 문제완 박정호 박현덕 용창선 이성구 김강호 정혜숙 강경화 김혜경 선안영 최양숙(14명)

2017. 11.

최양숙 동인 첫 시집 『활짝, 피었습니다만』 출간

최양숙 동인 열린시학상 시조 부문 수상

현대시조 100인선(고요아침) 출간 :

염창권 동인 『호두껍질 속의 별』

김강호 동인 『군함도』

선안영 동인 『말랑말랑한 방』

이송희 동인 『이태리 면사무소』

정혜숙 동인 『그 말을 추려 읽다』

강경화 동인 『메타세쾨이어 길에서』

2018년도

2018. 3. 31. 정기총회 개최(목포 서해해양경찰수련원, 순득이네횟집)

-동인지 발간 : 대표작 2편, 신작 2편, 시작노트 제출하여 8월 발간

-회원 확충 : 연말까지 호남에서 활동하는 시조시인 추천 마감

-차기 모임부터 율격 결성 취지인 '호남정신 발견과 계승'에 대해 토론

> 참석회원 : 김수엽 강성희 김종빈 염창권 문제완 박정호 박현덕
> 용창선 이성구 유헌 김강호 이택회 김혜경 최양숙(14명)

2018. 6.

선안영 동인 시조집『거듭 나, 당신께 살러 갑니다』출간, 발
견작품상 수상

2018. 9. 15. 정기총회 및 2집 출판기념회(전북 익산, 가람문학관
및 미륵사지 탐방)

2019년도

2019. 2.

박정호 동인 한국시조시인협회 본상 수상

2019. 3. 전남 강진시문학관 행사 참석 및 정기모임

> 참석회원 : 강경화 김강호 강성희 김수엽 김종빈 김혜경 선안영
> 문제완 박정호 박현덕 용창선 이성구 유헌 이택회 최양숙 고정선
> 이순자(17명)

-동인지 3집 발간 : 발표작 1편, 신작 3편. 1편은 단시조. 시
작노트

-신입회원 : 강대선, 고정선, 이순자 시인 가입

2019. 3.

고정선 동인 문화체육관광부와 한국장애인문화예술원 창작
지원금 선정

2019. 4.

유헌 동인 시조집『노을치마』출간

2019. 5.

박현덕 동인「겨울 등광리」로 김상옥백자예술상 수상

2019. 8.

박현덕 동인 작품 「저녁이 오는 시간 1」로 백수문학상 수상

2019. 9.

고정선 동인 첫 시조집 『눈물이 꽃잎입니다』 출간

2019. 9. 가을 정기모임 및 3집 출판기념회(화순)

> 참석회원 : 강경화 김수엽 김종빈 김혜경 박정호 박현덕 이성구
> 유헌 이택회 고정선(10명)

3대 임원 개편 : 회장 고정선, 사무국장 용창선(임기 2년)

2019. 10. 20.

이순자 동인 제2시조집 『501호, 그 여자』 출간

2019. 10. 22.

박정호 동인 첫 시조집 『빛나는 부재』 출간

2019. 10. 30.

박현덕 동인 『대숲에 들다』로 제7회 담양송순문학상 대상
수상

2019. 11. 3.

강경화 동인 제16회 무등시조문학상 수상

2019. 11. 8.

강대선 동인 한국가사문학상 우수상 수상

2019. 11. 13.

우리시대 현대시조 101~150인선 출간 :

최양숙 『새, 허공을 뚫다』

김종빈 『별꽃별곡』

이택회 『봄 산』

강성희 『명창 울돌목』

2019. 12. 14.

최양숙 동인 시조시학상 본상 수상

2019. 12. 27.

강대선 동인 제1회 다보문학상 올해의젊은작가상 수상

2020년도

2020. 1. 2.

신입회원 : 곽호연 시인 가입

2020. 1. 10.

용창선 동인 첫 시조집『세한도를 읽다』출판기념회(목포 선
창 횟집) – 기념패 증정

2020. 2. 21.

박현덕 동인 서울문화재단 창작지원금 수혜자 선정

2020. 2. 28.

유헌 동인 한국장애인예술문화원 창작지원금 수혜자 선정

율격 동인지 전남문화예술재단 창작지원금 수혜 선정

고정선 동인 전남문화예술재단 창작지원금 수혜자 선정

2020. 3. 19.

강대선 동인 제11회 김우종문학상 본상 수상

2020. 3. 20.

율격 회칙 수정 보완 완료

2020. 3. 30.

박현덕 동인 아홉 번째 시집『밤 군산항』출간

2020. 6. 3.

김수엽, 선안영 동인 아르코문학창작기금지원작가 선정

2020. 6. 28. 2020년 임시총회(순천만 도솔 갤러리 카페)

> 참석회원 : 강경화 강성희 고정선 곽호연 김수엽 김종빈 김혜경
> 문제완 박정호 이성구 이택회 최양숙(12명) 위임(8명)

신입회원 : 백숙아 시인 가입

2020. 7. 17.

유헌 동인 한국시조시인협회 제8회 올해의시조집상 수상

2020. 7. 28.

염창권 동인『한밤의 우편취급소』한국문화예술위원회 1차 문학나눔 도서 선정

박현덕 동인『밤 군산항』세종도서 교양부문 선정

2020. 9. 4.

염창권 동인「증심사 가는 길」제5회 노산시조문학상 수상

2020. 9. 7.

강대선 동인「우주일화」제8회 직지소설문학상 대상 수상

2020. 9. 10.

고정선 동인 동시조집『개구리 단톡방』출간

2020. 10. 5.

유헌 동인 산문집『문득 새떼가 되어』한국문화예술위원회 2차 문학나눔 도서 선정